Ma collection d'amours

Marie Desplechin

Ma collection d'amours

Illustrations de Catharina Valckx

Mouche
l'école des loisirs
11, rue de Sèvres, Paris 6ᵉ

Du même auteur à *l'école des loisirs*

Dans la collection MOUCHE

Le coup du kiwi
Le sac à dos d'Alphonse

Dans la collection NEUF

Et Dieu dans tout ça ?
Le monde de Joseph
La prédiction de Nadia
Tu seras un homme, mon neveu
Une vague d'amour sur un lac d'amitié
Verte

© 2002, l'école des loisirs, Paris
Loi n° 49.956 du 16 juillet 1949 sur les publications
destinées à la jeunesse : septembre 2002
Dépôt légal : septembre 2002
Imprimé en France par IFC à Saint-Germain-du-Puy

*Pour Élie et Louis qui ont posé
et Lucie qui a composé.*

J'ai décidé de faire des collections.

D'abord, j'ai commencé une collection de bouteilles d'eau en plastique, celles qui ont un bouchon blanc qui se visse. Maman n'était pas d'accord :

– Les bouteilles prennent trop de place, si tu veux les garder toutes, il va falloir jeter des jouets.

J'ai réfléchi et j'ai préféré garder mes jouets, ils sont déjà une espèce de collection personnelle. J'ai choisi de faire seulement la collection des bouchons. Comme ils sont beaucoup plus petits que les bouteilles, je peux les ranger dans une boîte à chaussures. J'en ai déjà onze (et une boîte à chaussures).

Le même jour, j'ai commencé la collection des images qui sont cachées dans les boîtes de fromage et dans les boîtes de céréales. Il existe différentes sortes d'images. Pour le moment j'ai des images d'animaux et de personnages de dessins animés. Je trouve que c'est une bonne collection, intéressante. Mais je n'ai pas encore beaucoup d'images (cinq en tout). Il faut que je mange une quantité de petits fromages emballés et de céréales pour faire des progrès.

Le lendemain j'ai commencé la collection des papiers de bonbons sur lesquels on peut lire des devinettes. J'aime beaucoup ces devinettes. En voici un exemple :

«Qu'est-ce que dit un pneu quand il est fatigué?» On peut lire la réponse en retournant le papier : «Il dit : je suis crevé.» À mon avis, c'est très amusant. Je pense que cette collection est nécessaire parce qu'à force d'en lire je risque de ne plus me souvenir de toutes mes blagues préférées.

Les collections, c'était mon idée. Je l'ai trouvée tout seul et j'ai commencé tout seul. Mais ensuite, tout le monde a voulu s'en mêler. Tout le monde était jaloux et voulait faire des collections à ma place.

— Est-ce que tu veux faire une collection de timbres ? m'a demandé mon papa. C'est joli les timbres, ça ne prend pas beaucoup de place dans une chambre, et quand on a des doubles, on peut les échanger.

Je lui ai répondu que les timbres n'intéressaient personne. Ils sont

trop faciles à trouver, il y en a partout, sur toutes les lettres. Les timbres sont plus moches et beaucoup moins intéressants que les devinettes. Et surtout je ne veux pas échanger, jamais de la vie.

J'adore les doubles. Dans ma collection de bouchons de bouteilles d'eau, il n'y a que des doubles et c'est ça qui est beau.

– Très bien, a dit papa, garde tes bouchons. Tu es trop petit pour les timbres, de toute façon.

Je n'étais pas très content qu'il me parle si mal. Je lui ai répondu :

– Peut-être mais toi tu es trop vieux pour les bouchons.

Maman a un peu cherché à empêcher mes collections.

D'abord en ne m'aidant pas du tout pour les bouteilles. Ensuite en jetant à la poubelle tous les papiers de bonbons sur lesquels elle pouvait mettre la main. Il a fallu que je

me fâche et que je pleure pour qu'elle comprenne que c'était une collection, et pas des saletés qui traînaient par terre dans l'appartement. Quand elle a compris, elle m'a donné une enveloppe beige pour ranger les emballages.

— Excuse-moi mon chéri, a-t-elle dit, je ne pouvais pas deviner que c'était une collection.

Ensuite elle a demandé à mon grand frère s'il faisait une collection de chaussettes sales au pied de son lit. Je suis parti dans ma chambre avec mon enveloppe. Je l'ai laissée se disputer avec mon frère (il fait vraiment une collection de chaussettes sales au pied de son lit, il le lui a dit). J'ai caché l'enveloppe sous mon matelas, on ne sait pas ce que maman peut faire quand on n'est pas là.

Il y a encore eu quelques histoires. Maman n'est pas contente que j'ouvre toutes les boîtes de fromage et de céréales pour chercher les images. Elle dit qu'elle ne sait plus où elle en est, avec tous ces emballages éventrés. Ce qu'elle veut, c'est ouvrir elle-même les boîtes. Ce qu'elle veut, c'est surveiller mes collections.

J'ai aussi commencé une collection de feuilles mortes. C'était une collection facile, mais les feuilles se sont abîmées. Elles ont séché, elles se sont transformées en poussière et maintenant, en plus, on n'en trouve plus par terre dans la rue. Mon frère m'a proposé de recommencer l'année prochaine, mais de faire plutôt une collection de marrons.

Il m'a dit :

— C'est aussi bête que les feuilles, mais ça dure beaucoup plus longtemps.

Mon frère est mon meilleur ami, et le plus drôle de tous. Il sait danser, se battre et jouer aux cartes. Il est très grand, il a dix-sept ans et demi. « À moi tout seul, je suis ta collection de grands frères » : voilà ce qu'il me dit quand il est de bonne humeur.

Quelquefois je lui donne des conseils. Je lui dis par exemple :

— J'ai une idée pour toi, pour draguer les filles.

Il me regarde en riant.

— Ah oui ? Et laquelle, s'il te plaît ?

— Tu n'as qu'à mettre ton baladeur sur les oreilles et marcher dans la rue en dansant et alors toutes les filles te suivront.

Alors nous imaginons des filles et des filles et encore des filles qui suivent mon frère dans la rue, parce qu'il danse tellement bien. C'est une idée si merveilleuse qu'elle nous fait rire aux larmes.

Comme nous n'avons pas de filles à la maison, il organise pour moi un défilé chantant à travers l'appartement : il est devant et moi derrière, nous marchons bravement en chantant sa gloire.

Un jour il pourra voter et il n'habitera plus avec moi. Il sera adulte. Il ira habiter tout seul. Ça me rend triste quand j'y pense, alors je n'y pense pas.

J'ai tellement de collections que quelquefois je les oublie. Maman jette les bouchons à la poubelle, mon frère chiffonne les papiers de bonbons. Je le remarque toujours trop tard, je suis furieux et j'ai envie de pleurer. Hier j'ai fouillé dans la poubelle et tout le monde m'est tombé dessus.

— Oh! fiche-nous la paix à la fin avec tes collections, m'a dit maman. Si c'est pour te mettre en colère, ce n'est vraiment pas la peine.

Je lui ai répondu :

— Puisque c'est comme ça, je ne vous dirai plus jamais rien. Et d'ailleurs je vais faire une collection secrète.

— Parfait, a dit maman. Et lave-toi les mains, par pitié, elles sont couvertes de sauce tomate. Et de vieux riz, quelle horreur.

— Pauvre gugusse, a dit mon frère quand je suis allé dans ma chambre pour me coucher avec le cœur plein de tristesse. Quand tu seras un peu plus grand, je te donnerai ma collection de chaussettes sales.

J'ai voulu me battre avec lui, mais il était déjà très tard.

— Demain, a promis mon frère, nous organiserons le grand combat du petit homme contre le grand géant. Le vainqueur épousera la princesse.

J'aurais voulu parler de la princesse. Où trouver sa photo, comment elle s'appelait et où elle habitait, mais il est parti s'enfermer dans sa chambre pour finir son travail. Je me suis retrouvé tout seul, et c'est tout seul qu'il a fallu que je pense à la princesse.

Je réfléchissais, allongé dans la nuit. Sans m'en rendre compte, je me suis endormi. J'aurais beaucoup aimé rêver de la princesse et de sa beauté, mais je n'ai rêvé que de camions et de grues. Le lendemain, je n'ai pas eu le temps de m'occuper de grand-chose. Il a fallu prendre le petit-déjeuner, s'habiller et partir pour l'école. Tout cela très vite.

Pendant l'heure de la cantine, j'ai joué avec Victoire et Céleste. Victoire et Céleste sont mes deux amoureuses. D'abord, j'ai été amoureux de Céleste. Ensuite, j'ai aussi été amoureux de Victoire. Dans la cour, je les serre dans mes bras, elles me serrent dans leurs bras. Comme elles sont meilleures copines, on peut se serrer dans les bras tous les trois. C'est pratique.

Le soir, j'ai demandé à la maîtresse si elle pouvait me donner le numéro de téléphone de Victoire pour que je l'invite chez moi. Elle l'a écrit sur un carton blanc qu'elle m'a donné. Le soir, en revenant chez moi, j'ai fait le numéro moi-même. Je l'ai fait quatre fois. Quatre fois, j'ai parlé avec Victoire. Quand elle est rentrée du travail, maman a appelé pour l'inviter. Quelqu'un a dû lui raconter que j'avais déjà appelé parce qu'elle a confisqué le numéro de téléphone. Depuis elle refuse de me le rendre. Elle peut le garder, ce n'est pas très grave : je le connais par cœur.

Victoire est venue chez moi le samedi. Nous avons joué aux cabanes. Nous avons joué aux déguisements. Victoire s'est habillée en princesse, avec une robe dorée, et moi en prince, avec un costume blanc. Mon grand frère m'a demandé si je voulais me battre avec lui.

— Pas aujourd'hui, lui ai-je dit. Aujourd'hui, je n'ai pas besoin de combattre, j'ai déjà une princesse.

En échange, mon frère a proposé de nous faire un mariage : il a mis de la musique de mariage et nous avons dansé. Maman a fait des crêpes et fabriqué des bagues en tortillant du

papier Albal. J'ai tout de suite perdu ma bague mais c'était quand même un très bon après-midi. Quand la nuit est tombée, le papa de Victoire est venu chercher sa fille. Je me sentais très heureux quand elle est partie.

— Tu as passé un bon moment ? m'a demandé maman.

J'ai répondu oui, surtout le mariage et les crêpes. Et puis je l'ai suivie dans la cuisine. Je me suis assis sur un tabouret. J'ai réfléchi.

— Je vais te dire un secret, ai-je dit à maman.

— Oui, mon chéri.

J'ai dit :

— Je crois que je suis très amoureux de Capucine.

Maman s'est essuyé les mains à un torchon et elle a frotté son front.

— Qui c'est celle-là ? a-t-elle dit. Le problème avec toi, c'est que tu ne sais pas choisir.

— Le problème avec toi, ai-je dit, c'est que tu es ridicule.

Je suis sorti de la cuisine et j'ai claqué la porte.

Souvent, je dis des choses mais personne ne les écoute. Par exemple, je dis que je suis amoureux, et maman me répond que je ne sais pas choisir. Elle devrait dire : « À qui ressemble Capucine ? » Je pourrais lui dire qu'elle a des cheveux courts et marron, pas comme Victoire qui a des cheveux longs et blonds, pas comme Céleste qui a des cheveux longs et marron. Elle est aussi un peu plus grande que moi. Victoire est plus petite et Céleste est de ma taille.

Voilà ce qui devrait être notre conversation. Au lieu de quoi, elle me dit : « Tu ne sais pas choisir. » On dirait qu'elle veut me mettre en colère. Alors, comme justement j'étais en colère, je suis revenu dans la cuisine et je lui ai demandé :

— Pourquoi tu dis que je ne sais pas choisir ? Pourquoi tu dis ça ?

— Ne te fâche pas, a fait maman sans se retourner (elle regardait l'évier en face de la fenêtre, elle lavait des casseroles). Je remarque juste que tu tombes souvent amoureux. Tu devrais choisir, tu ne crois pas ?

— Mais je ne veux pas choisir, ai-je dit, puisque je fais des collections. Celui qui fait des collections ne choisit pas, il collectionne.

— Est-ce que tu veux prendre un bain avant le dîner ? a alors demandé maman.

Après le bain, je suis allé dans ma chambre. Dans ma bibliothèque, j'ai pris mon cahier bleu, celui que m'a offert mon frère. Avant de me le donner, il a arraché les pages du début, celles sur lesquelles il avait écrit.

— Tu n'as pas besoin de tant de pages, a-t-il dit. Un petit cahier suffit pour un petit garçon.

Mon cahier a des feuilles toutes blanches, il ressemble à un livre. Sa couverture de carton est très épaisse et de couleur bleue, ce pourquoi on l'appelle : le cahier bleu.

Sur les pages qui me restaient, j'ai fait des dessins, au feutre et au crayon de couleur. J'ai aussi collé des photos que j'avais découpées

dans des magazines. Ce sont des photos de jeunes filles que je trouve belles. Maintenant, quand je tourne les pages de mon cahier, je peux voir toutes ces belles filles. Le plus souvent, je suis amoureux d'elles. Dans ma chambre, pour me consoler de ma maman, je me suis assis par terre et j'ai regardé mon cahier. J'étais triste d'être tout seul sur le tapis, mais content de mes photos.

— Qu'est-ce qu'il fabrique, le collectionneur ? a demandé mon frère en passant la tête par la porte de ma chambre.

— Rien, ai-je répondu.

Mais au moment même où je disais « rien », j'ai compris que ce n'était pas vrai. J'étais en train de faire quelque chose, quelque chose de très important. Alors je suis allé voir maman dans la cuisine.

— Maman, ai-je annoncé, j'ai une idée.
— Très bien, a fait maman, les idées, on n'en a jamais trop.
— Je vais faire une nouvelle collection.
— Encore, a soupiré maman, tu ne penses pas que tu as assez de travail avec les bouchons et les papiers de bonbons et ces feuilles qui font des miettes sur les tapis ?
— C'est une collection différente, ai-je expliqué.

— Une collection, c'est une collection, a dit maman.

— Je vais faire une collection d'amours, ai-je dit et maman a levé les bras au ciel.

— De quoi? Une collection d'amours? a-t-elle demandé en me regardant d'un air pas très aimable.

Mais je n'étais pas fâché, car je voyais bien cette fois qu'elle m'écoutait.

— Sur mon cahier, ai-je répondu. Je vais continuer à découper des images des filles que j'aime et je vais les coller dans mon cahier.

Maman m'a souri:

— C'est une collection de photos, alors, a-t-elle remarqué.

On aurait dit qu'elle faisait exprès de ne pas comprendre.

— Non, ai-je dit. Une collection d'amours.

Maman a secoué le doigt devant mon nez :

— Ces photos, tu ne les aimes pas.

— Si je les aime.

— Non. Pas comme des personnes.

— Pourquoi pas comme des personnes ? Ce ne sont pas des fourmis, ni des chaises, ni des légumes.

— Tu ne les aimes pas comme tu aimes Victoire ou Capucine.

Il a fallu que je me défende.

— Pareil. Je les trouve très jolies.

— Hé, m'a dit maman, aimer et trouver joli, ce n'est pas du tout la même chose.

— Pourtant, aimer et trouver bon, c'est la même chose. Je dis : j'aime le chocolat, et j'aime Capucine. Pourtant, le chocolat n'est pas une personne et je ne veux pas manger Capucine.

— Grâce à Dieu, a dit maman. Mais tu n'es pas amoureux du chocolat, n'est-ce pas ?

J'ai réfléchi.

— Non, ce serait exagéré.

— Et tu es amoureux de Capucine.

— Oui.

— Alors, a dit maman, tu vois bien que ce n'est pas la même chose.

– C'est vrai.

Je suis sorti de la cuisine un peu abattu, en laissant maman contente. Elle est toujours très contente quand elle a gagné. Elle est comme mon grand frère ou comme moi, elle aime la bagarre, elle aime le triomphe. Je suis retourné dans ma chambre. J'ai repris mon cahier. En l'ouvrant, j'ai bien senti que j'étais amou-

reux et je me suis rendu compte qu'elle n'avait pas gagné du tout. Elle m'avait embrouillé avec son histoire de chocolat. Je savais bien, moi, que je faisais une collection d'amours. Je le savais dans mon cœur. Pourquoi se demander si une chose est possible ou pas possible quand elle existe dans votre cœur?

À force de me poser des questions tristes, j'avais des larmes dans les yeux. J'étais en train d'essayer de les faire couler sur mes joues quand mon grand frère est revenu jeter un coup d'œil dans ma chambre. (Chaque fois qu'il passe devant ma chambre, il faut qu'il regarde un peu ce que je fais. Il est curieux.)

— Ouh là, a-t-il dit. Tu n'as pas l'air très en forme.

— C'est à cause de maman.

— Qu'est-ce qu'elle a encore fait, celle-là ?

Mon grand frère aime beaucoup faire des blagues sur maman.

— Elle fait exprès de ne pas me comprendre. Elle se moque de moi.

Mon frère m'a regardé un instant. Il a haussé les épaules. Il a demandé :

— C'est si grave que ça ?

— Oui parce que je voulais lui parler de mes collections.

— Si ça te rend triste de parler de tes collections, a dit mon frère, alors n'en parle pas. Et arrête de tirer cette tête, on dirait que tu es vraiment malheureux.

Je l'ai laissé partir. Soudain j'étais moins malheureux. Je venais de trouver une solution : puisque je voulais faire une collection secrète, et puisque je voulais aussi faire une collection d'amours, j'allais mélanger les deux. J'allais faire une collection secrète d'amours, et ce serait bien fait pour maman. Je suis sorti de ma chambre comme si de rien n'était, j'ai fait semblant d'avoir l'air tout à fait normal et je suis allé dans la cuisine.

— Tu en as une drôle de tête, a dit maman en me regardant. On jurerait que tu viens de faire une bêtise.

— Mais je n'ai rien fait, ai-je répondu avec mon sourire parfaitement normal.

— Ouh là, a dit alors maman, tu as vu l'heure ?

— Je te rappelle que je ne sais pas la lire.

— Alors je t'apprends qu'il est l'heure d'aller te coucher, a dit maman, et plus vite que ça !

Elle m'a pris dans ses bras et elle m'a emporté dans mon lit. Elle m'a lu une petite histoire et je n'ai pas entendu la fin. Je me suis endormi pendant qu'elle lisait. Elle m'avait épuisé avec toutes ses discussions.

Dans les jours qui ont suivi, je n'ai pas tellement pensé à ma collection d'amours. Je me suis occupé de mes autres collections. J'ai trouvé une nouvelle blague sur un papier de bonbon et je l'ai rangée dans mon enveloppe : « Qu'est-ce qui est plus grand que la tour Eiffel et qui ne pèse rien ? » La réponse est : « Son ombre. » Voilà une devinette amusante ET scientifique. C'est que je ne peux pas penser tout le temps que je suis amoureux des filles. J'ai tellement de choses à faire.

C'est mon frère qui m'a rappelé que j'avais aussi cette collection, et qu'elle était très importante pour moi. À l'heure du goûter, comme j'étais en train de manger du gâteau dans la cuisine, il est revenu

du lycée. Il était accompagné d'une jeune fille qui avait une jupe, de longs cheveux noirs et des yeux maquillés en bleu.

— Salut, puceron, a-t-il dit. Je te présente Rosita.

— Bonjour, a dit la jeune fille, et elle a passé la main sur ma tête.

Je crois que j'ai dit bonjour, mais je l'ai dit si doucement que personne ne m'a entendu.

— Tu as perdu ta langue ? a demandé la jeune fille.

Mon frère me regardait en souriant.

— Il est timide, a-t-il dit. Tu l'impressionnes.

La jeune fille, à nouveau, a passé la main sur ma tête et j'ai pensé que j'allais m'évanouir de honte. Je cherchais quelque chose d'intéressant à lui dire, pour qu'elle me trouve formidable, quand mon frère a glissé la main dans la sienne. Je n'ai pas eu le temps de lui parler. Mon frère a pris la bouteille de Coca dans le frigo, ils sont sortis tous les deux de la cuisine et ils sont allés s'enfermer dans sa chambre.

Moi, je suis resté sur ma chaise, devant mon gâteau. Je n'avais plus tellement envie de goûter. J'étais stupéfié. Je savais que j'étais très amoureux.

Le soir était tombé et je comptais mes bouchons de plastique blanc quand Rosita est partie. Aussitôt j'ai laissé tomber les bouchons et je me suis précipité dans la chambre de mon frère.

– Tu as dansé dans la rue ? lui ai-je demandé.

– Qu'est-ce que tu racontes ? a fait mon frère sans sourire, avec son air d'adulte.

– Rosita, tu l'as rencontrée en dansant dans la rue ?

Il a haussé les épaules.

— Personne ne rencontre sa fiancée en dansant dans la rue.

— Je croyais... ai-je commencé mais j'ai dû m'arrêter. J'étais tellement déçu que j'avais presque envie de pleurer.

— Ne sois pas si susceptible! a dit mon frère. Je n'ai pas eu besoin de danser... je l'ai rencontrée en cours de musique. Ce n'est pas très différent. Tu la trouves jolie?

— Très jolie, ai-je dit. Je crois que je suis amoureux.

— Ah non! a fait mon frère. Pas Rosita. C'est ma fiancée.

— Et alors? Est-ce que tu pourrais me donner sa photo?

— Pour quoi faire?

— Pour la coller dans ma collection d'amours, ai-je répondu.

— Ta collection de QUOI ?

— Ma collection d'amours. C'est une collection secrète. Je mets dedans toutes les filles dont je suis amoureux.

— Pauvre toto, a fait mon frère. Celle-là, elle est encore plus bête que la collection de feuilles mortes. À quoi ça te sert, une collection d'amours ?

— À me souvenir que je suis amoureux.

— Absurde, a fait mon frère, et inutile. Ce n'est pas très difficile d'être amoureux. Ce qui est difficile, c'est d'être amoureux de quelqu'un qui est AUSSI amoureux de toi. Et pour ça, pas besoin de faire une collection. Une seule personne suffit, tu peux me croire.

— Tu es amoureux de Rosita ?

Il a hoché la tête.

— Et elle est amoureuse de toi ?

— C'est ce qu'elle dit, en tout cas.

— Ah bon, ai-je fait.

Je ne savais plus quoi lui dire, d'un seul coup. Alors, je suis retourné dans ma chambre et j'ai joué avec mes Barbie jusqu'à l'heure du dîner.

Nous étions assis à table et je mangeais sans parler quand ma mère s'est inquiétée. D'habitude, je ne mange pas et je parle. Elle a pensé que j'étais malade.

— Il y a quelque chose qui ne va pas ? m'a-t-elle demandé. Tu fais la tête ?

Comme ce n'était pas une question très intéressante, et que j'étais un peu fatigué, je ne lui ai pas répondu. J'ai continué à manger.

— Qu'est-ce qu'il a, ce gosse ? a fait ma mère.

— Laisse-le tranquille, a dit mon frère. Il a des soucis.

— Quel genre de soucis ?

— Des soucis de collection, a répondu mon frère. Ça arrive à tout le monde.

— Pourtant je n'ai rien jeté, a dit maman. Mêmes les emballages de Vache-qui-rit, je les garde.

— Ce n'est pas ça, a dit mon frère. C'est plus grave.

Ils m'énervaient, tous les deux, à la fin, à parler de moi sans me demander mon avis.

— Je suis triste à cause de ma collection d'amours, ai-je dit.

— Il n'y a pas de quoi être triste, a dit maman.

— Oh si, ai-je répondu, à cause de toutes ces filles que j'aime et qui ne m'aiment pas et qui ne s'intéressent pas à moi et qui ne savent même pas que j'existe, ça me rend tellement triste…

Et là-dessus, j'ai fondu en larmes. C'étaient des larmes délicieuses, elles coulaient facilement sur mes joues et dans mon assiette, elles trempaient le col de ma chemise, j'aurais bien aimé pouvoir me regarder dans la glace, je suis sûr que j'aurais pleuré encore mieux. C'était terrible. Ma mère me regardait d'un air consterné.

— Ce gosse est complètement zinzin, a-t-elle remarqué au bout d'un moment.

— Pas du tout, a dit mon frère. Il est très intelligent, au contraire. Il vient de se rendre compte qu'il ne pourra pas être l'amoureux de TOUTES les filles de la terre. Si tu crois que c'est rigolo…

— C'est vrai, ai-je sangloté. Ce n'est vraiment pas rigolo. Et maintenant, arrêtez de rire, tous les deux, ou je vous frappe.

Quand je me suis couché, les yeux me brûlaient encore d'avoir tellement pleuré. Je n'étais plus tellement triste mais j'étais un peu vexé. Même s'ils avaient fait des efforts pour être gentils, je savais bien que ma mère et mon frère s'étaient moqués de moi. Je me sentais bête. Quand maman est venue m'embrasser dans mon lit, je lui ai parlé à l'oreille :

— Je vais te dire un secret.

Maman a eu l'air très intéressé et elle s'est assise sur le bord de mon lit.

— Dis-moi.
— J'arrête les collections.
— Toutes ?
— Toutes. Ça ne sert à rien de

garder des trucs qui ne servent à rien. Ce n'est même pas amusant.

— Pour les feuilles mortes, je suis d'accord, a dit maman. Mais tu devrais garder ta collection de blagues.

— Je ne les relis jamais, ai-je dit. Je me souviens très bien de celles qui sont réussies, comme le pneu ou la tour Eiffel. Les autres, je peux aussi bien les oublier.

— Comme tu voudras, a dit maman. Je vais pouvoir jeter tous ces emballages infects que tu stockes dans la cuisine.

Elle s'est penchée sur moi pour me faire un baiser.

— Et pour l'amour? a-t-elle murmuré.

— Pour l'amour, c'est fini, ai-je répondu. Je ne vais pas continuer toute ma vie une collection d'images de filles qui ne m'aiment pas. Je vais attendre d'en trouver une que j'aime et qui m'aime aussi, et après je verrai bien.

— Tu as raison, a dit ma mère,

trouve d'abord et après tu verras bien.

Elle s'est levée, elle a éteint la lumière et elle a quitté la chambre. J'ai fermé les yeux et tandis que je m'endormais un rêve s'est glissé derrière mes paupières. J'étais dehors, j'entendais autour de moi une musique très entraînante, et je me mettais à danser en marchant. Toutes les filles qui passaient me trouvaient si beau et si charmant qu'elles me suivaient en dansant

dans la rue. Elles ne pouvaient pas s'en empêcher, c'était beau comme au cinéma et j'étais très heureux. Dans mon sommeil, j'ai pensé que je pourrais commencer une collection de rêves, mais heureusement, c'était seulement dans mon sommeil.